AF602869

(N° 319)

Vente du Jeudi 5 Février 1914

HOTEL DROUOT — SALLE N° 10

DELIA in TOWN

N° 175 du Catalogue.

ESTAMPES

DU

XVIIIe SIÈCLE

Me ANDRE DESVOUGES — M. LOYS DELTEIL

EXPOSITION PUBLIQUE, HOTEL DROUOT, SALLE N° 10

Le Mercredi 4 Février 1914, de 2 h. à 6 h.

N° 176 du Catalogue.

CATALOGUE

DES

ESTAMPES

DU

XVIIIe SIÈCLE

imprimées en noir et en couleurs

ŒUVRES

DE

BARTOLOZZI, BAUDOUIN, BOILLY, BONNET
BOUCHER, CHALLE, CHARDIN, DEBUCOURT
DEMARTEAU, FRAGONARD, FREUDEBERG, GREUZE, HUET
JANINET, LANCRET, LAVREINCE, MORLAND, PERNET
REYNOLDS, H. ROBERT, J. ET H. VERNET, ETC.

Dont la vente aura lieu

à Paris, HOTEL DROUOT, Salle N° 10

Le Jeudi 5 Février 1914

à 2 heures précises

Par le Ministère de Mᵉ ANDRÉ DESVOUGES

COMMISSAIRE-PRISEUR

20, Rue de la Grange-Batelière

Assisté de M. LOYS DELTEIL, Graveur et Expert

2, Rue des Beaux-Arts

CONDITIONS DE LA VENTE

Elle sera faite au comptant.

Les adjudicataires paieront *dix pour cent* en sus des enchères.

M. Loys Delteil remplira les commissions que voudront bien lui confier les amateurs ne pouvant y assister.

MM. les Amateurs pourront visiter la collection, 2, *rue des Beaux-Arts*, du Lundi 26 Janvier au Mardi 3 Février 1914 *(le Dimanche excepté)*.

N° 80 du Catalogue.

DÉSIGNATION

ALIX (P. M.)

1. Le Vacher de Charnois, d'apr. Violet. Belle épreuve, *imp. en couleurs.*

ANSELIN (J. L.)

2. La Belle Jardinière (Mme de Pompadour), d'après C. Vanloo. Très belle épreuve.

AUBRY, COYPEL et GREUZE (d'après)

3. Les Adieux de la Nourrice — La Jeunesse sous les habillemens de la Décrépitude — Le Silence. Trois pl. par R. De Launay, M. Lépicié et L. Cars.

AUVRAY (Elie)

4. Caroline de Lichtfield, 1878. Belle épreuve. *imp. en couleurs*, avec rehauts (remmargée dans le haut).

BARTOLOZZI (F.)

5. The Apotheosis of a beautiful woman — Of such is the Kingdom of heaven. Deux pl., d'apr. W. Peters, se faisant pendants. Belles épreuves, *avant la lettre, tirées en bistre.*

6. Jeune Femme lisant, d'apr. Cipriani. Belle épreuve, *avant la lettre, tirée en bistre.*

7. Les Eléments. Suite de 4 pl., d'apr. Cipriani. Epreuves *imp. en plusieurs tons*, avec rehauts (manquant de conservation).

BAUDOUIN (d'apr. P. A.)

8. Annette et Lubin — Les Cerises (E. B. 9 et 13). Deux pièces par N. Ponce, se faisant pendants. Belles épreuves.

9. L'Epouse indiscrète, par N. De Launay (21). Très belle épreuve.

10. Le Rendez-vous, par L. M. Bonnet, 1771 (41). Superbe épreuve, *imprimée à l'imitation du pastel.*

11. La Sentinelle en défaut, par N. De Launay (44). Superbe épreuve.

12. La même estampe. Très belle épreuve, tirage postérieur.

BAUDOUIN, BERTIN et LE PRINCE (d'après)

13. Le Poète Anacréon — L'Enfant Chéri — Le Bonheur du Ménage — La Gayeté de Silène. Quatre pl. par N. De Launay, formant série. Epreuves du tirage de Marel.

BOILLY (d'apr. L.)

14. L'Amusement de la Campagne, par S. Tresca. Très belle épreuve, *imp. en couleurs*, toutes marges.

15. La Comparaison des petits Pieds, par A. Chaponnier. Belle épreuve.

16. La Douce résistance — On la tire aujourd'hui. Deux pl. par S. Tresca, se faisant pendants. Belles épreuves, *coloriées*. Encadrées.

17. L'Etude de la Musique, par A. Legrand. Belle épreuve (pli).

18. *Hony soit qui Mal y pense*, par Bonnefoy. Très belle épreuve.

19. Le Porte-Drapeau de la Garde civique, par Copia. Superbe épreuve, *avant la lettre, imp. en couleurs*.

20. La Sauvegarde de l'Enfance, par Maoolan. Très belle épreuve, *imp. en couleurs*.

21. La Solitude — L'Amusement de la Campagne. Deux pl., par S. Tresca, se faisant pendants. Très belles épreuves, toutes marges.

BONNET (L. M.)

22. Provence (L. St. Xavier de France. Cte de) d'apr. L. M. Vanloo (n° 32). Superbe et très rare épreuve, *avant toute lettre, imp. à l'imitation du pastel, avec planche de blanc* (petite cassure).

23. *The Milk Woman*. Très belle épreuve, *imp. en couleurs, avec le cadre tiré en or* (le titre coupé à moitié).

24. Jeune Fille en buste, d'apr. F. Boucher. Belle épreuve *tirée à l'imitation du pastel*.

25. Vénus et l'Amour sur un Dauphin, d'apr. F. Boucher (n° 14). Très belle épreuve, *tirée en 2 tons.*

26. La même estampe. Superbe épreuve, *tirée sur papier bleu, avec planche de blanc.*

27. Nymphe sortant du bain, d'apr. Boucher. Très belle épreuve, *avant toute lettre, imp. à l'imitation du pastel.*

28. La Source, d'apr. Natoire. Belle épreuve sur papier bleu, *avec* la planche de blanc.

29. La Laveuse, d'apr. F. Boucher. Belle épreuve sur papier bleu, *avec* la planche de blanc.

30. Buste de Jeune Femme, d'apr. Ch. Eisen, 1767. Très belle épreuve, *tirée sur papier bleu, avec* pl. de blanc.

BOREL (d'apr. Ant.)

31. Diane et Calisto — Le Repos de Diane. Deux pl., par Bertelezi (sic) se faisant pendants. Belles épreuves à toutes marges (mouillures).

32. Vous avez la clef... — La Faute est faite... Deux pl., par Anselin, se faisant pendants. Belles épreuves.

BOUCHER (d'apr. F.)

33. Le Départ du Courrier, par Beauvarlet. Très belle et rare épreuve, *avant toute lettre, avec* la signature manuscrite du graveur.

34. Le Désir de plaire, par Le Campion fils. Très belle épreuve, *imp. en couleurs.*

35. Le Fleuve Scamandre, par N. de Larmessin. Belle épreuve.

36. Jupiter et Calisto, par R. Gaillard. Très belle épreuve.

37. Le Lever, par Bonnet. Très belle épreuve, *avant* la draperie, *tirée en sanguine*.

38. Pensent-ils au raisin?, par J. Ph. Le Bas. Très belle épreuve (petites piqûres).

N° 39 du Catalogue.

39. Le Réveil de Vénus, par Bonnet. Superbe épreuve, *tirée en 3 tons*.

40. Le Mariage de Psiché et l'Amour — Vénus sur les Eaux. Deux pl., par Beauvarlet et Moitte. Belles épreuves (petites cassures).

41. Les Amans surpris — Les Bacchantes endormies. 2 pl., par R. Gaillard. Tirage postérieur.

42. Jupiter et Léda — Le Sommeil interrompu — La Fontaine d'Amour, 3 pl. par Ryland, Beauvais et Aveline.

BOUCHER ET CARESME (d'après)

43. L'Oiseau Privé — La Colombe Chérie, 2 pl., par F. Flipart, se faisant pendants. Bonnes épreuves (doublées).

BOUNIEU (d'après)

44. La Confidence, par Jubier. Belle épreuve, *imp. en couleurs* (remmargée dans le haut et doublée).

CARESME (d'apr. Ph.)

45. L'Aveugle trompé, par Wossinik. Epreuve *imp. en couleurs* (manque un peu de conservation).

46. Les Délices du Bain, par Jubier. Belle épreuve, *avant toute lettre*, *imp. en couleurs* et rehaussée.

47. Hony soit qui mal y pense — Hony soit qui mal y voit. Deux pl., par Hubert, se faisant pendants. Bonnes épreuves.

CAZENAVE

48. Le Réveil de Vénus et l'Amour. Belle épreuve, *imp. en couleurs*.

CHALLE (d'apr. M. A.)

49. The Officious Waiting Wooman, par Chaponnier. Très belle épreuve, *avant la lettre*.

50. La même estampe. Belle épreuve.

51. The Officious Waiting Woman, par Chaponnier — Zéphire et Flore, par Tilliard. Deux pièces. Bonnes épreuves.

N° [illegible] du Catalogue.

CHARDIN (d'après J.-B.-S.)

52. Le Château de cartes, par A. de Marcenay de Ghuy (20). Très belle épreuve, *avant toute lettre*.

53. Le Château de carte, par S. Duflos (11). Très belle épreuve.

CHARLIER (d'après)

54. Vénus carressée par l'Amour — Le Repos de Diane. Deux petites pièces se faisant pendants. Très belles épreuves, *imp. en couleurs*. Rares.

COLIBERT (N.)

55. Le petit Tapageur. Epreuve *imp. en couleurs* et rehaussée. Encadrée.

COOPER (R.)

56. *Evening Amusements*, d'après A. van Assen. Très belle épreuve, *imp. en couleurs* (petites épidermures en marge).

COUTELLIER

57. Carlin Bertinazzi (à Paris, chez Mondhare). Très belle épreuve, *imp. en couleurs*.

58. Michu (à Paris, chez Mondhare et Jean). Très belle épreuve, *imp. en couleurs* (piquée).

COYPEL (d'après Ch.)

59. Mad[e] de *** (Mme de Mouchy) *en habit de Bal*, par L. Surugue. Très belle épreuve.

60. Renaud et Armide, par L. Surugue. Très belle épreuve, *avant toute lettre*.

DEBUCOURT (P.-L.)

61. L'Instruction villageoise, par Glairon-Mondet (M. F. 6). Très belle épreuve, *avant* que la dédicace n'ait été enlevée.

62. Les deux Baisers (7). Superbe épreuve, *imprimée en couleurs*, à grandes marges.

63. Humanité et bienfaisance du Roi, par L. Guyot, 1787 (10). Très belle épreuve, *imp. en couleurs*, *avec* la 1re adresse.

64. Le Coup de vent, d'après C. Vernet (217). Belle épreuve, *coloriée*.

65. La Marchande de saucisses, d'apr. C. Vernet (363). Belle épreuve, *coloriée*.

DE MACHY (d'après)

66. Vues des Tuileries du côté du Château et du Pont Tournant. Deux petites pl. de forme ronde, par Descourtis, se faisant pendants. Très belles épreuves, *imp. en couleurs*. Encadrées.

67. IIIe et IVe Ruines Romaines. Deux pièces, par De Machy fils, se faisant pendants. Superbes épreuves, *imp. en couleurs*, à toutes marges.

DEMARTEAU (G.)

68. Le Dénicheur de Merle, d'apr. F. Boucher (84). Très belle épreuve, *tirée en sanguine*.

69. Bustes de jeunes Femmes. Deux pièces, d'après F. Boucher, se faisant pendants (Nos 149 et 151). Très belles épreuves, *tirées en plusieurs tons* (légères mouillures).

70. Tête de Femme, d'apr. Le Prince (303). Belle épreuve, tirée en sanguine, (grattage dans l'adresse).

71. Baigneuses et Amours, d'apr. F. Boucher (345). Très belle épreuve, *tirée en sanguine*.

72. Paysages, d'apr. Le Prince (398-399) — Petit âne, d'apr. Boucher (103). Trois pièces *tirées en sanguine*.
On y a joint 2 pl. : Catherine II — Enlèvement d'une Sabine.

73. Léda — Bacchante. Deux pl. d'apr. Boucher et Le Barbier (468-469), se faisant pendants. Très belles épreuves, *tirées en 2 tons*.

74. Vénus et l'Amour, d'apr. F. Boucher (488). Bonne épreuve, *tirée en 2 tons*.

75. Le Berger — La Bergère (508-509). Deux pl. d'apr. J.-B. Huet, se faisant pendants. Très belles épreuves, *tirées en 3 tons*.

76. La Bergère, d'apr. J.-B. Huet (509). Très belle épreuve, *tirée en 3 tons* (sans marges).

77. Pastorale, d'apr. J.-B. Huet (524). Belle épreuve, *tirée en plusieurs tons*.

78. Le Satyre Amoureux — Le Satyre refusé. Deux pl. d'apr. Caresme, se faisant pendants (542-543). Belles épreuves, *tirées en plusieurs tons* (grattage dans les inscriptions).

79. La Source, d'apr. F. Boucher (550). Très belle épreuve, *tirée en 3 tons*.

80. Grandes Pastorales, d'apr. Huet (616-617). Deux pièces se faisant pendants. Très belles épreuves, *imp. en couleurs* (légères épidermures).

81. Grande tête de Femme, d'apr. Vincent (n° 648). Épreuve tirée en 3 tons. Encadrée.

82. Bourgongne (M.-N.-Fr. de), chanoine de Reims, d'apr. Cochin fils. Deux belles épreuves (une *avant toute lettre*).

DEMARTEAU (G.) — CHENU (P.)

83. Pastorale, d'apr. F. Boucher — *Atelier du Sieur Jadot Menuisier cy devant Eglise St Nicolas*. Deux pièces.

DERRAIS (d'apr. C.-L.)

84. Les Diseurs de bonne aventure. Petite pièce de forme ronde. Très belle épreuve, *coloriée*.

DROLLING (d'après)

85. Le Chapeau, par Perdriau. Très belle épreuve, *imp. en couleurs.*

N° 23 du Catalogue.

DROUAIS FILS et TOCQUÉ (d'après)

86. H.-L. Duhamel du Monceau, par P.-E. Moitte — J.-B. Massé — Charles, P^{ce} de Galles, par J.-G. Wille. Trois pièces. Bonnes épreuves.

EISEN (d'après F.)

87. Sujet gracieux. Très belle épreuve, *avant toute lettre.*

EISEN (d'après Ch.)

88. Les Désirs satisfaits, par Patas. Belle épreuve à grandes marges (petite épidermure).

89. Le Gascon, par Tardieu. Belle épreuve.

90. Le Matin — L'Après-Midi. Deux pièces par J. de Longueil, formant pendants. Très belles épreuves *avant toute lettre*.

91. Le Bouquet bien reçu — Le Mouton favori. Deux pl. par R. Gaillard, se faisant pendants. Tirage postérieur.

FARHILL (d'après Miss Emma)

92. *The Sorrows of Science — The Victory is mine!* Deux pl. par K. Mackensie, se faisant pendants. Très belles épreuves, *tirées en plusieurs tons* (légers rehauts).

FICQUET (Etienne)

93. Maintenon (Mme de), d'apr. Mignard. Très belle épreuve.

FRAGONARD (Honoré)

94. L'Armoire (P. de B. 2). Belle et très rare épreuve du 1er état, *avant toute lettre* (doublée sur toile).

95. Les deux Femmes à cheval (5) — Le petit montreur d'ours, par St Non. Deux pl. Belles épreuves.

96. Bacchanales. Deux pièces. Belles épreuves.

97. Le Colin-Maillard, par Beauvarlet. Très belle épreuve, toutes marges.

98. Les Hazards heureux de l'Escarpolette, par N. De Launay. Très belle et très rare épreuve, *avant la lettre* et *avant le fleuron* (petite cassure et mouillures).

N° 62 du Catalogue.

N° 98 du Catalogue.

N° 204 du Catalogue

N° 185 du Catalogue.

99. L'Innocence inspire la Tendresse, par Voysard. Très belle épreuve, *avant la dédicace*.

100. La même estampe. Très belle épreuve.

101. La Mère de Famille, par A. Romanet. Deux épreuves (une à *l'état d'eau-forte*).

102. Le Petit Prédicateur, par N. De Launay. Belle épreuve, *avant la dédicace*. 325

103. Le Premier Pas de l'Enfance, par Regnault et Vidal. Belle épreuve.

104. Sacrifice de la Rose, par H. Gérard. Très belle épreuve.

105. Le Verrou, par Blot. Très belle épreuve (jaunie).

106. Sujets divers, d'après les maîtres Italiens — Ronde d'Amours, par St Non — La Nature, par J. B. Gerard — Antiques, etc., 10 pl. (plusieurs belles, une *imp. en couleurs*).

FRAGONARD et LAVREINCE (d'après)

107. La Coquette fixée — Les Sabots. Deux pl., par Couché et Dambrun, se faisant pendants. Belles épreuves, *tirées en deux tons* (trous de ver à une pl.).

FREUDEBERG (d'apr. S.)

108. La Confiance enfantine, par Janinet. Très belle épreuve, *coloriée* (courte de marges).

109. La Complaisance Maternelle — Le Petit Jour. Deux pl., par N. De Launay, se faisant pendants. Tirage postérieur.

110. La Gaieté conjugale — La Félicité villageoise. Deux pl., par N. De Launay et Delignon, se faisant pendants. Belles épreuves (la seconde remmargée).

GARBIZZA (d'après)

111. Vue de la Gallerie du Palais Royal, par Coqueret. Belle épreuve.

GAUTIER L'AINÉ

111 *bis*. *La Renommée et le Génie portent au Temple de l'Immortalité... Napoléon Ier... et Joséphine*. Très belle et très rare épreuve, *imp. en couleurs*.

GODEFROY (Jean)

112. L'Éventail de Mme Bonaparte (avec le médaillon de N. Bonaparte), d'apr. Chaudet, Percier et Fontaine. Très belle épreuve, *tirée en ton bistré*. Rare.

GREUZE (d'après J. B.)

113. L'Accordée du village, par Flipart. Belle épreuve, *signée* au verso par les artistes.

114. Le Malheur imprévu, par R. De Launay. Très belle épreuve.

115. La Philosophie endormie, pa. Aliamet. Très belle et rare épreuve, *avant la dédicace*.

116. Le Silence, ou Ne l'éveille pas, par Cars et Jardinier. Belle épreuve.

117. Le Tendre désir — Jeune fille pleurant son oiseau mort. Deux pl. par Carmona et Flipart, se faisant pendants. Bonnes épreuves, tirage postérieur.

118. La Fleuriste — La Jeune Nourrice — La Petite Mère. Trois pl. par F. A. Moitte, formant série. Belles épreuves.

GUYOT (L.)

119. Le Prince Lambesc aux Thuilleries. Superbe épreuve, *imp. en couleurs*.

HOPPNER (d'après)

120. The Fair Musisionners, par Adam. De forme ovale. Très belle épreuve, *imp. en couleurs*. Encadrée.

N° 70 du Catalogue

HUET (J. B.)

121. Pastorales, 1778. Deux pièces. Très belles épreuves.

HUET (d'après J. B.)

122. L'Amant écouté — L'Eventail cassé. Deux pl., par Bonnet, se faisant pendants. Très belles épreuves, *imp. en couleurs* (remmargées).

123. L'Amant pressant — la Déclaration. Deux pl., par A. Legrand, se faisant pendants. Belles épreuves, tirées en bistre et en sanguine (sans marges, doublées)

124. Bacchante et Amour, par Liger. Epreuve *tirée en 2 tons*. Encadrée.

125. Le Départ du Marché — Le Retour du Marché. Deux pl. par L. Legrand, se faisant pendants. Belles épreuves, *imp. en couleurs*, grandes marges.

126. L'Heureux Berger, par Bonnet. Belle épreuve, *imp. en couleurs* (sans marges, doublée, légère restauration).

127. La Jarretière, par Bonnet. Très belle épreuve, *imp. en couleurs*.

128. Jupiter et Calypso — Nymphes et Amours. Deux pl. par Léveillé, se faisant pendants. Très belles épreuves, *imp. en couleurs* (petites marges coupées en ovale).

129. Les Laveuses — Vue de l'Intérieur d'une Ferme. Deux pl. par Jubier, se faisant pendants. Belles épreuves, *tirées en plusieurs tons* et rehaussées.

130. Le Marchand de poisson, par Jubier. Très belle épreuve, *imp. en couleurs* (doublée, petite épidermure en marge).

131. Têtes de jeunes Femmes, dessinées par J. B. Huet, *avec les crayons de couleur du Sieur Nadeau...* et gravées par L. M. Bonnet. Deux pl., se faisant pendants. Très belles épreuves, *imp. en couleurs* (petites cassures en marge).

132. Le Triomphe de Galathée, par Bonnet. Très belle épreuve, *imp. en couleurs*.

133. Vénus sur les Eaux, par Bonnet. Superbe épreuve, *imp. en couleurs*, *avant* la draperie.

133 *bis*. Le petit Cavalier — La Chèvre bien-aimée. Deux pl., par Bonnet, se faisant pendants. Belles épreuves, *imp. en couleurs* (remmargées).

N° 102 du Catalogue.

HUMPHREY et GILLRAY

134. Buste d'Enfant, 1781. Très belle épreuve, *tirée en bistre*.

ISABEY et C. VERNET (d'après J. B.)

135. Revue du Gl Bonaparte, Pr Consul, an IX (1800), par Pauquet et Mécou. Belle épreuve *avant la lettre* (piquée). Encadrée.

JANINET (J. F.)

136. L'Amour, d'après H. Fragonard. Très belle épreuve, *imp. en couleurs* (2 petites restaurations).

137. L'Amour rendant hommage à sa Mêre, d'après F. Boucher. Très belle épreuve, *imp. en couleurs* (légères épidermures restaurées).

138. Les Trois Grâces, d'apr. Pellegrini. Très belle épreuve, *avant la lettre* et *avant* la guirlande de roses, *imp. en couleurs.*

139. Vénus à la colombe, d'apr. le Barbier. Très belle épreuve, *imp. en couleurs* (sans marges).

140. Vues de l'Hôtel des Monnaies, 2 vues différentes, d'apr. Durand. Belles épreuves, *imp. en couleurs.*

141. Restes du Palais du Pape Jules, d'après Hubert Robert. Belle épreuve, *imp. en couleurs.*

142. La même estampe (manque un peu de conservation).

JEAURAT (d'apr. E.)

143. La Servante congédiée, par Baléchou. Belle et rare épreuve, *avant toute lettre.*

KAUFFMAN (d'apr. Ang.)

144. Abelard & Eloïsa.., Abelard offering Hymen to Eloïsa. Deux pl. par Pariset, tirées en 2 *tons* et *rehaussées.*

LALLIÉ (d'après Et.)

145. Le Messager Fidèle, par Halbou. Belle épreuve, toutes marges.

LAMBERT (d'après F.)

146. Le Larcin toléré, par Le Vasseur. Très belle épreuve, toutes marges.

LANCRET (d'apr. N)

147. Les Amours du bocage, par N. De Larmessin. Belle épreuve.

148. Les Troqueurs, par N. de Larmessin (83). Belle épreuve du 1er état.

LAURENCE (d'apr. Sir Th.)

149. Lady Lyndhurst, par S. Cousins (104). Très belle épreuve du 4e état (sur 5).

150. Lady Peel, par W. Giller, 1836. Très belle épreuve.

151. Mrs Wolf, par Samuel Cousins (178). Très belle épreuve, *avant* que le sujet n'ait été réduit en ovale.

152. Newton (Mr) — Meredith (Miss Lucy). Deux pl., par F. C. Lewis, formant pendants. Très belles épreuves, *avant la lettre*, légèrement rehaussées.

LAVREINCE (d'apr. N.)

153. Le Billet doux, par N. De Launay (10). Belle épreuve (petites restaurations en marge).

154. Le Concert agréable, par C. N. Varin (13). Très belle épreuve.

155. L'Heureux Moment, par N. De Launay (28). Très belle épreuve, *avant* la correction dans l adresse.

156. Le Mercure de France, par Guttenberg (38). Belle épreuve, *avec* l'adresse du graveur.

157. La Marchande à la toilette, par Vidal (37). Belle épreuve (sans marge).

158. Qu'en dit l'Abbé, par N. de Launay (51). Très belle épreuve, *avant la dédicace* (légère cassure en marge).

159. Le Roman dangereux, par Helman (56). Belle épreuve (rognée à l'encadrement).

LE CLERC (d'apr.)

160. Ah! du moins épargnez mes ailes — La Partie de bain interrompue. Deux pl., par De Monchy et J. Deny, se faisant pendants. Belles épreuves, toutes marges (mouillures).

161. L'Histoire de l'Enfant prodigue. Suite de 4 pl., par Gaillard, Bazin, Teucher et Moitte (salies, une manque de conservation).

LEGRAND (Augustin)

162. J.-J. Rousseau, ou l'Homme de la Nature. Belle épreuve *à la lettre grise*.

LÉPICIÉ (d'apr. N. B.)

163. La Demande acceptée, par Bervic. Belle épreuve, *avant la dédicace*.

LE PRINCE (J. B.)

164. Marines. Deux pièces. Belles épreuves, *tirées en bistre* (sans marges).

LE PRINCE (d'apr. J. B.)

165. Le Concert Russien — La Diseuse de Bonne aventure. Deux pl., par Helman, se faisant pendants. Très belles épreuves, *avant toute lettre*.

166. Le Marchand de lunettes — Le Médecin clairvoyant. Deux pl., par Helman, se faisant pendants. Belles épreuves.

MALLET (d'apr.)

167. Julie ou le Premier Baiser de l'Amour, par Copia. Très belle épreuve, toutes marges.

MARLET (d'apr.)

168. *Cérémonie du Mariage de l'Empereur Napoléon et de Marie-Louise. Dessiné d'après nature, le 2 avril 1810*, par Parfait Augrand. Très belle et très rare épreuve, *imp. en couleurs*.

N° 112 du Catalogue.

MOITTE (d'apr.)

169. La Surprise agréable, par Moitte. Belle et rare épreuve, *avant toute lettre* et *avant* la draperie.

MONDON (d'apr.)

170. Les Quatre Heures du Jour, par A. et F. Aveline. Suite de quatre pl. Très belles épreuves.

MOREAU LE JEUNE (J. M.)

171. Choiseul (Duc de) (2). Très belle épreuve, *avant toute lettre*.

172. L'Accord parfait, par Helman. Belle épreuve, grandes marges.

173. Le Pari gagné, par Camiigue. Belle épreuve, grandes marges.

174. Le Seigneur chez son Fermier. Belle épreuve, grandes marges.

MORLAND (d'apr. G.)

175. Delia in Town, par J. R. Smith, 1788 (110). Superbe épreuve, *tirée en bistre*, toutes marges.

176. Constancy — Variety. Deux pl., par Bartolotti, se faisant pendants. Très belles épreuves, *imprimées en couleurs*.

177. Rural Amusement, par J. R. Smith (J. F. 299). Belle épreuve, *imp. en couleurs*, avec rehauts (sans marges).

177 *bis*. *Guinea Pigs*, par J. P. Levilly. Belle épreuve, *imp. en couleurs* (doublée, légères restaurations).

MYN (d'apr. Vander)

178. Jeune Femme à mi-corps, par R. Purcell. Très belle épreuve.

NAPOLÉON 1er (Est. relatives à)

179. Napoléon le Grand, par Ruotte, d'apr. R. Le Fèvre, *imp. en couleurs*, rehauts (manque de conservation) — Buonaparte, par Lips. Deux pl.

N° 130 du Catalogue.

NATTIER (d'apr. J. M.)

180. L'Air (Mme Adélaïde de France), par Beauvarlet. Belle épreuve, *avant toute lettre.*

OPIE (d'après J.)

181. A Winter's tale, par V. Green. Belle épreuve sans marge (encadrée).

PAROY (Comte de)

182. Bacchanale, d'apr. Poussin. Très belle épreuve, *avant toute lettre, imp. en couleurs.*

PATER (J.-B.)

183. Campement de soldats. Très belle épreuve.

PERNET (d'après P.)

184. VIIIe Feuille de Paysage (9 petits motifs de forme ronde pour dessus de boîtes), par L. Guyot. Superbe épreuve, *imp. en couleurs.*

185. IXe Feuille de Paysage (9 petits motifs de forme ronde), par L. Guyot. Superbe épreuve, *imp. en couleurs.*

PILLEMENT (d'après J.)

186. Les Plaisirs des Saisons. Suite de 4 pl., par Woollett, Mason et Canot. Belles épreuves.

PIRANESI (Fr.)

187. *Différentes vues de quelques restes de trois grands édifices de l'ancienne ville de Pesto...* Titre et 19 pl. gr. in-fol. en 1 alb. obl. cart. Très belles épreuves.

PREISLER (G.-M.)

188. Etrurie (J. Gustave 1er, duc d'). Très belle épreuve, *avant la lettre.*

PRUDHON (d'après P.-P.)

189. L'Amour réduit à la raison, par Copia (58). Belle épreuve du 3e état, *avant la lettre.* Encadrée.

190. Le Premier baiser de l'Amour, par Copia. Belle épreuve.

REGNAULT (N.-F.)

191. Le Matin. Belle épreuve, *avant la lettre* (doublée).

RÉVOLUTION (Est. relatives à la)

192. Caricatures, la plupart relatives à La Fayette, 13 petites pl., la plupart tirées en bistre. Belles épreuves.

REYNOLDS (d'apr. Sir Joshua)

193. Lady Smith and Children, par F. Bartolozzi. Très belle épreuve, *avant toute lettre*, tirée en *ton bistré*.

194. Robert, Lord Romney, par J. Finlayson. Belle épreuve (filet de marge).

195. Justice — Prudence. Deux pl. par G.-S. et J.-G. Facius. Très belles épreuves (doublées).

ROBERT (d'après Hubert)

196. Ruine de la partie Intérieure d'une Basilique de Rome, par Guyot. Très belle épreuve, *imp. en couleurs*.

ROWLANDSON (Th.)

197. *A Sleepy congregation* — *A Tour to the Lakes* — *I Smell a rat...* — *More Miseries...* — *After Sweet Meat...*, etc. Huit pl. Belles épreuves, *coloriées* (sauf une).

ROWLANDSON et ROBERTS

198. *Madame Bounaparte* (sic), d'apr. Boudoir (1800). Très belle épreuve, *tirée en 2 tons*, *coloriée* et *rehaussée d'or*.

RUSSELL (d'après J.)

199. The Favorite Rabbit, par C. Knight. Epreuve *imp. en couleurs*, avec rehauts (doublée, filet de marge).

RYDER (Th.)

200. Contemplation. De forme ovale. Très belle épreuve, *avant la lettre*, tirée en *sanguine*.

SANTERRE (d'après J.-B.)

201. Sujets gracieux. Suite de 4 pl., par Chasteau, 1708. Très belles épreuves.

SCHALL (d'après F.)

202. Le Garde-Chasse Scrupuleux ou le Nid découvert, par A. Legrand. Très belle épreuve, *imp. en couleurs*.

SERGENT (A.-F.)

203. J.-J. Laurent, négociant. Superbe épreuve, *avant le nom du graveur*, *imp. en couleurs*.

TRINQUESSE (d'après)

204. L'Irrésolution ou la Confidence, par Pierron. Très belle épreuve.

TURNER (Charles)

205. *The Interior of the Fives Court with Randall and Turner sparring*, d'après T. Blake (A.W. 680). Très belle épreuve, *coloriée*. Rare.

VANLOO (d'après L.-M.)

206. Louis Quinze, en pied, par N. de Larmessin. Belle épreuve.

VERNET (d'après Joseph)

207. Le Matin — IIIe et IVe vues d'Italie — La Nuit — Le Rocher dangereux — Les Femmes à la pêche — La Belle Après-dînée. Sept pl. Belles épreuves.

208. Vue proche de Gênes — Civita-Vecchia — Pêche au fanal — Le Midi — Rivage près de Tivoli, etc. Sept pl. Belles épreuves.

N° 158 du Catalogue.

VERNET (d'après Horace)

209. Incroyables et Merveilleuses, par Gatine, pl. 1, 5 à 7, 9, 10, 14 à 16 et 21, soit dix pièces. Belles épreuves, *coloriées* (2 à toutes marges, quelques piqûres de vers à plusieurs pl.).

On y a joint une pl. double (7) et 2 pl. (H^{te} Classe) par Lanté.

VILLENEUVE

210. Il Aime encore sa Femme — Seront-ils toujours d'accord. Deux petites pièces de forme ovale, se faisant pendants. Très belles épreuves, *imp. en couleurs.*

WATTEAU (d'après Ant.)

211. Le Conteur, par C. N. Cochin (120). Belle épreuve, avec le changement dans la légende.

212. Le Berger content. Belle et fort rare épreuve, *avant toute lettre*, à l'état d'eau-forte.

213. Le Vendangeur, par J. Moyreau. Belle épreuve.

214. Figures et têtes de fantaisie, 24 pl., par J. Audran, Boucher, Caylus, etc., la plupart en belles épreuves.

215. Le Concert de Famille, d'apr. G. Schalken — Massé (J. B.), d'apr. Tocqué — Elisabeth de Gouy, d'apr. Rigaud. Trois pièces. Belles épreuves.

DIVERS

ÉCOLES FRANÇAISE ET ANGLAISE

216. *The Water Gress Girl.* Belle épreuve, *tirée en bistre* (sans marges).

217. Mrs Jerningham. Belle épreuve, *tirée en 2 tons* (sans marges).

218. Tête de jeune Fille, aux 3 crayons — Portrait d'Homme. Deux pièces. Belles épreuves, *tirées en plusieurs tons* (la première rognée)

219. *Cupid et Doves* — Scène d'Enfants — Jeune Femme au voile. Trois pièces. Bonnes épreuves (2 *imp. en coul. urs*, avec rehauts).

N° [illegible] du Catalogue.

220. La Rosalba, par F. Bartolozzi — Chambre du cœur de Voltaire, par Née — La Cause Badine, par Moyreau, d'apr. Watteau — Le Parc, par St Non. Quatre pièces. Bonnes épreuves.

221. Mausolée du M[al] de Saxe, par Cochin et Dupuis — Pont du Sphinx, d'apr. H. Robert — Venus blinding Cupid, par Strange — L'Apparition aux Bergers, d'apr. Watteau. Quatres pièces. Belles épreuves.

222. Le Ménage ambulant, par Binet — Jupiter en pluie d'or, par Daullé — Qu'ay-je fait..., par Caylus et Jeaurat — Iphigénie, par Boillet, épr. *imp. en couleurs* — La Mère laborieuse — Le Benedicité — La Gouvernante, d'apr. Chardin. Sept pl.

223. Les Œufs cassés, par Moitte, d'apr. Greuze — Antichambre d'un Grand Seigneur — La Fille rusée, par Prevost, d'apr. Schenau — Le Sommeil de Vénus, par Cazenave — Buste de Femme, par Picot, d'apr. Monnet. Cinq pl. (2 *imp. en couleurs ou en sanguine*).

224. Le Galand Jardinier, par Duthé et Brion — Innocent Mischief, d'apr. Westall — Le Serpent sous les fleurs, d'apr. Huet — Sujets divers, d'apr. Boucher, Aveline, soit 9 pl.

225. La Jeunesse indifférente — La Cuisine Allemande — Hobnelia et Lubberkin — Dona Maria, de Portugal — Paysages et Sujets divers, 10 pl. (plusieurs *imp. en couleurs* ou *coloriées*).

226. L'Agréable leçon — La Fécondité — L'Amant dangereux — Le Tems perdu, etc., 11 pl., d'apr. Boucher, Wille fils, Lang, Watteau et autres (plusieurs de tirage postérieur).

227. Sujets divers, 20 pl. d'apr. Breughel, Boucher, Greuze, Pannini, etc.

228. *The Dancing Girl* — *Meekness* — La Prière — La Réflexion tardive, etc. Sept pl., d'apr. Hamilton, Cipriani, Owen, etc. (4 *imp. en couleurs*). On y a joint 21 pl., diverses.

229. Sujets divers et Paysages, 40 pl., d'apr. Huet, Vernet, Lancret, etc. (y compris plusieurs reproductions).

230. Sujets divers, paysages, 50 pl., par Pierre, Lempereur, Parrocel, etc.

www.ingramcontent.com/pod-product-compliance
Ingram Content Group UK Ltd.
Pitfield, Milton Keynes, MK11 3LW, UK
UKHW021959260726
13994UKWH00004B/1838